ブッシュ孝子全詩集

暗やみの中で一人枕をぬらす夜は

新泉社

本書は、若くして病を患い、闘病中にドイツ人青年と結婚した女性が、命を終えるまでのおよそ五か月間に、一冊のノートにつづった詩のことばを日付順に並べ、構成したものです。

著者のブッシュ孝子は、一九四五年三月二十日、服部一雄・和子の長女として生まれ、東京で育ちました。幼い頃から、本当の「ひとの心」を求め、飼っていた金魚が死んだりするとさめざめ泣くような「傷つきやすい子だった」と、母・和子は証言しています。のちに孝子は、お茶の水女子大学大学院で周郷博らの下で児童心理学を学び、ドイツ語と自閉症児の治癒法を習得するためにドイツへ留学。留学中にウィーンでヨハネス・ブッシュと出会い、人生を共にする約束を交わします。

一九七〇年八月、帰国した孝子はしばらくしてからだに異変を感じて病院へ行き、翌年二月、乳がんと診断されて手術を受けます。一九七一年九月二十六日、来日したヨハネス・ブッシュと結婚。孝子は新婚生活のかたわら、論文の執筆に取り組む日々を送っていましたが、病の再発により一九七三年十一月に入院。かねて「童話を書いてみたい」と願っていた孝子は、この年の九月九日から、迫り来る死への予感を抱きつつ、生きることの幸福と悲嘆を詩に託し、ノートに記しはじめました。一部の作品については、「夢の木馬」というタイトルの下に詩集としてまとめることを構想していたと思われます。

ブッシュ孝子は、九十二編の詩を残し、一九七四年一月二十七日に永眠。傷つきやすい心をもって歩みつづけた、二十八歳の生涯を閉じました。

もくじ

暗やみの中で一人枕をぬらす夜は

私を愛し　私を支え　私を豊かにしてくれた
すべての人に　感謝をこめて　このささやかな詩集を
ささげます

夢の木馬 1 （旅立ち）

白いスワンの木馬にのって
始めて空にとび立った日
古びて黄ばんだ写真のような家から
母に別れをつげてとび立った日
子供の時代に別れをつげた日

古い世界に別れをつげた日

あの日以来　私の心は
不安におののき　あこがれにやかれ
一点の青空を求めて　黄色い空の中をただひたすら
とびつづけているのです

9／9

夢の木馬　2　名も知らぬ異国の港町にて

正午《まひる》の陽光が家々の白かべにてりかえり
アーチ型の窓には色とりどりの鉢植えの花
風さわぐ坂の上に立てば眼下には
激しい青さで海がたゆとう
黄色くかわいた海沿いの通りから

陽気な人々のざわめきが立ちのぼる
ああ　このまぶしさ　この限りない明るさの中で
ふと心にわきあがる淋しさは何

ここにも私の故郷《ふるさと》はない
ここにも私の故郷はない

9／9

夢の木馬3　雑踏

雑踏の中に多くのなつかしい顔を見た
名をよぶのだけれど　もうそこにはいない
雑踏の中に多くのなつかしい人が消えた
雑踏の中で　私はいつも一人

9／9

夢の木馬　4　廃屋

窓が全部がらんどうの灰色のビルが
うつろな目をした巨人のように私を見おろす
夕闇の中にお前の無言のなげきが満ち満ち
旅ゆく私の心をおののかす

ああ一体どこに
つかれた心をいこわす
たった一つの灯はあるのか

9／9

夢の木馬 5　夢の中の少年

少年は海辺で私を待っていた
波のしぶきの荒々しい岩だらけの海辺で
少年のぬれた小さな手が私の手をしっかりにぎり
二人ははだしで岩棚を走った

ああ　金色の髪をした小さなお前は誰
あの血のように赤い水平線の彼方まで
お前は私と共に行こうというのか

9／9

せんせい　私に教えてください
私に一体何ができるのでしょう

美しいものがつくれるのでしょうか
正しいことができるのでしょうか
ほんとうのものがわかるのでしょうか

私にも詩が書けるのでしょうか

せんせい　どうぞ教えてください

9／9

美しい言葉が次々と浮かび出て
眠れぬ夜がある
新しい詩が次々と生れでて
眠れぬ夜がある

その夜のために乾杯
その夜のために祝杯

9/9

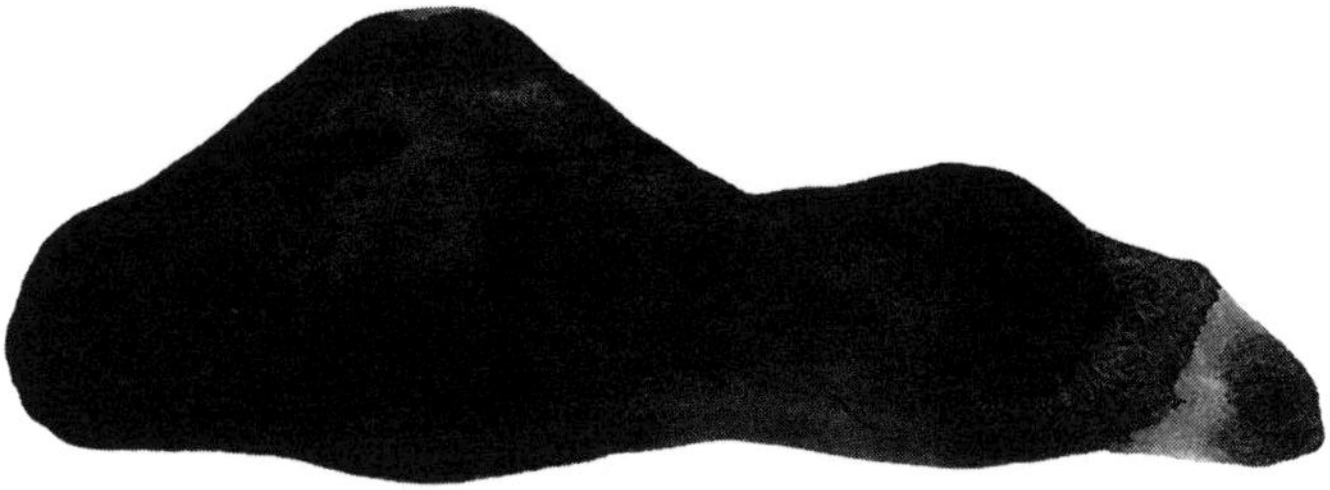

夢の中で

十年も昔に死んだおばあちゃんが
にっこり笑って　私を物陰によぶのだけれど
ごめんなさい　おばあちゃん
何だかとてもおそろしくて
私はそこまでいけないのです

9／9

夢の中で

私は部屋の中にいるのに
あかりの下にすわっているのに
誰にも私がみえないらしい

私はやっぱり　死んでしまったのかしらん

9／9

まあちゃん

まあちゃん　はやくたっちしてごらん
ママが笑ってよろこぶよ
まあちゃん　はやくあんよしてごらん
ママが泣いてよろこぶよ

9／9

この町はきらい
電線があまり多くて
私はうまく空をとべないのです

9／9

素直なことばで
本当のことだけを語りたい

9／9

人生

私が
まだ若かった頃には
自分の好きな人生が歩めるものと思っていた
意志と努力とその上にほんのちょっぴり才能さえあれば
運など向こうからとびこんでくるさ

あれから
長い時が流れて今の私は考えている
そんな人生が歩めるのは
ほんのわずかの幸福な人達と
ほんのわずかのおろか者達だと

みんなが歩みたくない人生を歩いている
それでも一生けん命歩いている

9/10

今日の私は酔っ払っている
あふれいでる詩句《フレーズ》の芳香に酔っ払っている
たくわえにたくわえ　暖めに暖めてきた言葉の数々
それが今コハク色のワインのように
心のふちから　こぼれるこぼれる

何んだか歌をうたいたい気分
誰かにそっと打ち明けたい気分

9／10

おばあちゃんがコスモスをつむ
まがった腰を一層かがめて
子供のように笑いながらコスモスをつむ
誰もいない湯治場の
秋風のざわめきの中で

9/10

たより

山道を歩くと
秋草の多さに驚かされます
赤とんぼの乱舞に驚かされます
栗のいがいがとおちてくるくるみに驚かされます
小さなへびがあわてて水ぎわの草むらに逃げこみました
おばあちゃんと二人　まぶしい通り雨の中を
かさもささずに散歩してます
きつねの嫁入りの話をしながら
散歩してます

9／10

もしも　私が死んだら
おざしきぼっこに私はなりたい
誰にも知られず　ざしきの中で
みんなと一緒に笑っていたい

9／11

先生　私の病気を
どうぞ直してください
私には　まだ少ししなくてはならないことがあるのです

かきかけの白いノートと
いくつかの淋しがりやの魂が
「まだ行かないでほしい」と一生けん命
私にたのんでいるのです

9／11

秋

山里にきて
久しぶりに秋とめぐりあった
ごめんごめん
こんなところでひっそりと
お前はもう幾年も空しく私を待っていたんだね

9／11

母に

誰一人　私を見向きもしなかった頃から
おかあさん　貴女だけはいつも言っていましたね
〃お前にはどこか素晴しいところがある〃と
みんなそれを信じはしなかったけれど

今頃になって時に言う人があります
〃お前にはどこか素晴しいところがある〃と
私にはそれがいまも信じられないけれど
ああ　おかあさん
それでもそんな時のあなたの　喜びにあふれた

顔をみると　私までついうれしくなって
心の中でといかけてしまうのです
〃おかあさん　貴女の娘はやっぱり
貴女の娘でしたか〃

9
／
12

かわいそうな私の身体
お前をみていると涙がこぼれてくる

やわらかい乳房と若さに輝いた肌はどこにいったのか
切りさかれ　ぬわれ　やかれた　お前の無残な傷痕

ああ　でも　どうか　私を許してほしい
お前の奥深く　今も痛みにふるえ赤い血潮をふき出しながら
それでも　もえようとしている私の心がひそんでいるのだから

9／12

私は信じる
私にも詩がかけるのだと
誰が何といおうと
これは私のほんとうのうた
これは私の魂のうた

9／13

汽車が都会に近づくにつれて
よどんだ空気が肌にまつわりつく
ああ　それに　この見苦しさは何

車窓には巨大なビルディングがまるで墓標
のように立ちならび
あのすきの原　コスモスの里
風にゆれる稲穂は一体どこにとび去ったのか

私はどうしてふたたび　めぐみにあふれた
母のふところから　この死んだ町にもどってきたのだろう

9／13

ファーラーさん

ファーラーさん　私のドイツのおばあちゃん
貴女は今日はもう　二人でいつも散歩した
ハイデルベルクの　小高いフリードホフの
泉の木かげで　ジャスミンの香りにつつまれて
ねむっているのですね

ファーラーさん
あなたは私のめぐりあった最初のドイツ人
あなたの与えてくれたこざっぱりした屋根裏の小部屋で
私は私の青春の夢をはぐくんだのです

ファーラーさん　おぼえていますか
二人で裏山に栗拾いにいった日のことを
誰もいない秋の午後の森の中で
二人はまるで幼なじみのように笑い興じて
競争で茶色い実をひろいあつめたのでした

ファーラーさん　私は忘れはしないのです
貴女の気持ち良い居間で二人でコーヒーをのみながら
バッハのオルガンをきいた午後のことを
ああ私は決して忘れはしないのです
冬の夜おそく部屋にもどると机の上の
あつくまかれた毛布の中に
まだ湯気をたてているバラのお茶のポットと
一《ひと》かけのケーキのおいてあることを

ああファーラーさん　あなたのあのやさしいまなざしを
私はもう二度と見ることはできないのですか
それでは私はこの詩《うた》を一体誰にきかせればいいのでしょう

9／13

都会

都会はどれも同じ顔をしている
厚化粧した女の顔をしている

多くの男にいいよられ
しかも誰からも愛されず
利用するだけしつくされては
やがてすてられる女の顔をしている

そんなおろかな女の顔をしている
そんなかなしい女の顔をしている

9／14

新米の詩人へ

だまって!
お前は少ししゃべりすぎる
そんなすっぱいぶどう酒で
誰が酔えるものか

ことばが自から熟して芳香をはなち
詩句となってあふれ出るまで
お前にできるのはただ待つこと

9/14

小さな詩

真夜中に浮かんだ小さな詩に翼が生えて
開《ひら》いた窓から夜の闇にさまよい出てしまった
ああ　でもよかった　もどってきてくれて
朝の光の中でお前はすまして私の肩にとまっている

9／14

昔語り

むかし　むかし　あるところに……
ああ　なつかしい昔語り
女の子の名はいつもたかこちゃん

もしも私に娘がいたなら
きっとするだろう昔語り
むかし　むかし　あるところに……

9／14

私に

お前は一体何者なのか
お前の中に何がおこった
お前の中に何がやどった

何がお前をそのようにいらだたせ
夜中に寝床から叩きおこし
部屋の中を歩きまわらせ
ノートになぐり書などさせるのか

ああ　このおののき　このときめき

私は一体どうなるのだろう
誰か私をよくみてほしい
私はどこか変っていますか

9／14

わたし

わたしはほんとに奇妙な女
おしゃれで見栄っぱりでいじわるな女
こねこのように気まぐれな女
バーゲンセールの大好きな女

わたしはそれでもかわいい女
お人良しですぐに涙ぐむ女
いいえがちっともいえない女
コスモスみてもなけてくる女

わたしはどうにもしょうがない女
はしにもぼうにもかからない女

9／14

私のために生きようという人がいる
その人のために私も生きよう

9／14

先生がいった
お前は詩人のはしくれだと
勇気がわいた　力がわいた
はしくれははしくれらしく
はずかしくない詩を書こう

先生どうもありがとう

　　　帰りの地下鉄で
本田先生に

9／14

神様
あなたは私の怠けぐせをなげかれて
私をこんな病気になさったのですね
あなたが私に与えてくれたものを
私はちっともつかおうとしなかったから

でも神様　おねがいです
もう私を試みにはあわせないでください

私は弱い人間です
私が今　私のもっているあらゆる力で戦っていることを
でももうこれ以上は耐えられないことを
あなたは一番良くご存じではありませんか

9／14

あなたに

私達には子供がいないから
お花を子供にしようねと二人で話した
それ以来部屋に絶えない　私達の子供
二人できそって水を与え　二人できそって
はなしかけた

今はあなたがいないので私は一人で水をやり
おとうさんのことばかり話してきかせるのです
あなた　はやくかえってきてください

9／14

赤いガーネットのロザリオを首にかけよう
ガーネットはあなたの石
これは貴女のたった一つのかたみ
もっともっと話したいことがあったのに
さようならもいえずに逝ってしまった
あなたは私のドイツのお母さん

こうしてロザリオをかけていると
貴女が私を守ってくれる気がする
貴女が守ってくれさえすれば　私はもう大丈夫
な気がする

キリスト様には申しわけないかな

9／14

私は　ひとり進み出る
にげ出したい気持をおさえて
ここは炎天下の　丸い闘牛場
数々の声《せい》えんをはるか背にききながら
わなく手にけんをにぎりしめ
私は　ただ一人じっと待つ
大きな黒い牡牛を
死という名の牡牛を

9／15

折れたバラ

かわいそうな赤いバラ
まだ開きはじめたばかりだというのに
首もとからポッキリ折られて
地にうちすてられた

でも私のバラよ　なげくことはない
やさしい白い手がお前をひろいあげ
小さなガラスの器に
お前をうかばせた

今ではお前は
咲きほこる　どのバラよりも
ずっと美しくみえる
涙のようなつゆを宿してずっと
ずっと輝いてみえる

9
／
15

みなさんどうぞ　私を守ってください
私はみなさんの思っているほど強い人間ではないのです
あなた達にみすてられたら
私は悲しみのあまりこの場にたおれて
たった今　息絶えてしまうでしょう
あなた達の愛のスクラムに支えられて
私はやっとのことでこうして立っているのですから

9／16

（日よう日）

日曜の朝はベッドの上で
ノタノタとしているのが好き
何をしようかなと考えながら
何もしないでいるのが好き
ああ最高の気分　ぜいたくな私
あなたのいれるコーヒーの香が台所から流れてくる
あなた　私にも一杯　どうぞおねがいします

9／16

メルヘン

長い静かな冬の夜は
あるだけのローソクを部《へ》やにともして
ピンクのワインをすすりながら
二人してトランプであそぶのです

私達はこの小さなお城の王様とおきさき様
あなたの好きなおとぎ話はいつもいつもこう結ばれるのです
〃そして二人はいつまでも幸せにくらしましたとさ〃

9／16

文化生活

ちり紙交換のマイクの音に
せっかくのまどろみを破られた
しょうがない
あの台所にうづ高くつまれた
もう役に立たない情報共《ども》をひきかえに
トイレットペーパーの一まきでももらってくるとするか
何だか　とっても味気ない
何だか　とってもなさけない

9/16

神様のお顔

神様のお顔はなつかしいお顔
いつかどこかでめぐりあったお顔
いつもどこでもめぐりあうお顔
それでもちっともおもい出せないお顔

9／16

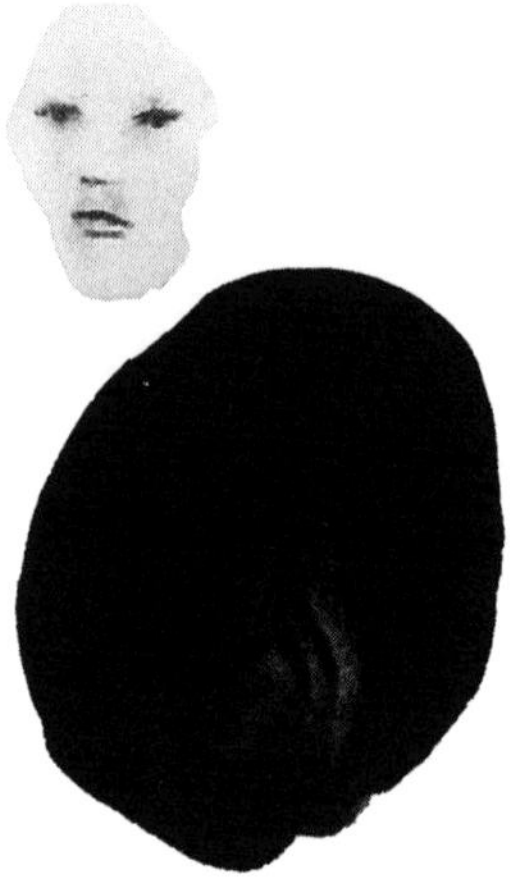

愛ということば

愛ということばは
もうあまりに疲れすぎてしまって
自由だった昔の夢ばかりみている

9／16

私には愛について語ることなどはできない
それでも時々
私をみつめるあなたのひとみの中に
これこそ愛というものをみることがある
あなたの力強い手の力に
これこそ愛なのだと心さわぐことがある

9/16

かわいそうなたかこちゃん
あなたは私をいつもそうよぶ　からかい半分に片目をつぶって
かわいそうなぼくのたかこちゃん

でもそうよぶあなたがいるかぎり
私はちっともかわいそうじゃない
だって私は　あなたのかわいそうなたかこちゃん

9／16

みなさん
もしもあなた達が
今失っていくものの価値を
知ったならば

とり返しのつかないことの
あることを知ったならば

そんなにはのんきに笑ってはいないだろうに

9／16

あやまち

あやまちは誰でもする
つよい人も弱い人も
えらい人もおろかな人も

あやまちは人間をきめない
あやまちのあとが人間をきめる

あやまちの重さを自分の肩にせおうか
あやまちからのがれて次のあやまちをおかすか

あやまちは人生をきめない
あやまちのあとが人生をきめる

9／16

マールブルグの少年

少年はおりの中
精神病棟の暗いおりの中
人はお前をきちがいとよぶ

お前は自らキリストの息子と名のる
名もない女神とキリストの間に生れた
人々のために戦って
やがては殺される運命《さだめ》だという

今の世では　悪魔は黒いベンツでやってくるという

ふくらんだサイフで人の魂をかいに
彼らはお前を十字架にはかけない
大きな石うすですりつぶして殺すという
真っ赤な血潮がお前の指先からふき出るまで

お前はもうおそろしくて死にたいとねがう
自ら命を絶つ勇気さえあればと
それでもそうすれば
人々をすくえないという

少年はおりの中　人はお前をきちがいとよぶ
ああ　でも人が何んといおうと私だけはお前を信じる
だってお前の目には神の光が宿っている

いつの日かきっとお前は私を迎えにやってくる（だろう）
そして私の手をとってお前の国へと導き入れる

9／16

Hospital of the National Cancer Center

待合室はいつも一杯
痛みにふるえる人で一杯
不安におののく人で一杯
涙をこらえる人で一杯
重い運命《さだめ》を背負う人で一杯

ああ　花束をもってとびこんできた
そよ風のようなおじょうさん
そんなにほがらかな笑い声をたてて
映画の話などしないで下さい

ここをどこだか御存知ですか
ここは Hospital of the National Cancer Center

9／17

待合室にて

ああ　おとなりの人の良いおばさん
ほんの少し思いやりがあるなら
どうぞ私をそっとしておいて下さい
根ほり葉ほりきかないでください
「あなたどこがお悪いの、お若いのにお気の毒なこと」

こんな話を私はもう百ぺんもさせられているのです
その度にいえかけている私の傷あとは
又パックリと口をあけて新しい血をふき出すのです
ほんの少し思いやりがあるなら
どうぞ私をそっとしておいて下さい

9／17

待合室にて

本を読むことはできない
こんなところでは
人と話すこともできない
こんな気分では
ねむることすらできない
こんな固いイスでは

さぐりすがりといかけるような
むかいの人の目をさけて
ただじっと待つアナウンスの声

この長く重たい虚しい待ち時間

9
／
17

青い目の（日本）人

「つう」の話にあなたは泣いた
「与ひょう」はぼくだとあなたは泣いた
日本のこころにあなたは泣いた

あなたはだあれ……青い目の日本人

9／17

私の空

東京の空はいつもこまぎれ
おさいほうのあとの裁《た》ちくずみたい

こうして寝ながらながめる空は
ひさしと板べいのすき間にのぞく空
ささの葉ちらした　たんざくみたいな細い空

それでもお前は　秋のおとづれつげる
それでもお前は　生きてる喜びつげる

この小さな空は私だけの空
この空だけは誰にもあげない

9／19

ジギーとクリステル

二人は愛しあって結ばれたのではなかったか
二人は信じあって結ばれたのではなかったか

私は今でも忘れはしない
小さなミヒアエルを中にはさんでウィーンの森を
散歩するあなた達二人を

ジギー　あなたの目はいつも笑っていた
クリステルがあなたにコーヒーをそそぐ時
小さなミヒャエルがあなたのひざによじのぼる時

クリステル　あなたはそっと私にみせた
あなたの書いた詩　結婚の日のように
（ことばがよくは　わからなかったけれど）
幸せな花嫁の笑顔が目にうかぶ

あれからどれだけ時が過《た》ったというのか
あなた達はなにかをなくしてしまった
クリステルは毎日二人の息子をどなり
ジギーは時々帰らぬ夜がある

あなた達のために私は泣いてる
二人の　なくしたなにかのために
それなのにあなた達はそれにすこしもきづかない

ジギーとクリステル　ああ沢山のジギーとクリステル
二人は愛しあって結ばれたのではなかったか
二人は信じあって結ばれたのではなかったか

9／19

おばあちゃん
今夜は二人でコーヒーをいれて
マロングラッセをつまみながら
昔話でもしようね

ゆかいな仲間には
秋の夜は長い

9／20

おばあちゃんのいびき
ものすごいいびき
寝床にはいるとすぐにはじまるいびき
私はちっともねむれない

でもしようがないよね
昼間あんなに一生けん命
私の好きな　かぼちゃを煮たんだものね

おばあちゃん　いつまでも元気で
大いびきをかいて
私のそばにねてね

9／20

私の身体はモルモットみたい
近代医学のモルモットみたい

あの薬のんで食欲なくし
この薬のんで髪の毛なくし
次の薬のんで神経痛をおこし
その薬ではむくみがおきて
今では物が二重にみえる

私の身体　一体どうなるのだろう
もう一度自由にいきしてみたい
もう一度自由に走りまわってみたい
私の身体がバラバラになる前に

9／20

シャンソン

愛はきっとどこかで私を待っている
どこか遠くの知らない町で
いつめぐりあうかは運の良さ次第
愛さえあればもう淋しくはない
愛さえあれば私は幸せ
私は愛をはなしはしない

若いあなたはこう夢みている
昔　私がそうだったように

ところで

愛はあなたを待ってなどいない
特に遠くの知らない町では
愛は運から　生れはしない
愛の中でも人は淋しさに泣き
愛はあなたを　幸せにはしない
愛は明日にでも　さよならをつげる

それでもあなたは愛を信じますか
それでもあなたは愛をさがしますか
心の傷を涙で洗いながら
おろかな今の私のように

9／20

この道はどこに行く道
暗いほら穴の一本道
ちょうちんさげて一人行く道
もう幾度かかよってきた道

この道はわらぶき屋根の田舎家に行くの
誰も住まない一軒家に行くの
裸の電球の一つぶら下った
みかん色の土間に行くの

土間にならんだ四つの机
机の上には沢山の人形

みんな昔あそんだ人形
みんな　こわれてしまった人形

足のもげた藤娘
首の曲った子守り娘
それでもみんな笑っているの
それでもにっこり笑っているの
それでも無心に笑っているの

この道はどこに行く道
はるかな昔にさかのぼる道
ほんとうはあんまり行きたくない道
それでも時々きてしまう道

9／22

いのり

神様ありがとうございます
あなたの与えてくれた心　無駄にはいたしません
あなたの与えてくれた命　無駄にはいたしません
ですから　どうぞ　その炎が自からもえつきるまで
私をお守りください

（検査の無事を感謝して）

9／25

ハイデルベルク

ハイデルベルクで若者は心をなくすと
古い民《みん》ようは歌う
銀色にかがやくネッカーのほとりで
赤い唇に心をうばわれて

心をなくした若者は一目みればわかる
観光客のにぎわいをさけて
古城に一人　Philosophenweg（哲学者の道）に一人
古いロカーレのくすんだランプの下で
大きなビールのジョッキを前に一人

今年も又　沢山の夢みる若者が
この町にやってくる
心をなくしにやってくる
ネッカーの水は今も銀色

ハイデルベルク
この古い不思議な町は
もう数百年も昔から
さまよう沢山の心のために
今も青春の光にかがやいている

ハイデルベルクで若者は心をなくすと
古い民ようは今も歌う

9／28

らせん階段

らせん階段の上で私はいつも誰かとめぐりあった
私が人生をかえた人に
私の人生をかえた人に
うす暗い急ならせん階段で

いきせききって私はのぼり
重い足どりで彼らはおりてきた
すれちがう私に　彼らはしょうそうとあこがれを　私は
　彼らにうれいとおちつきを見た
そう　私達の出会いはいつもそんな風だった

今　私は一人でおりる　てすりをつたって一歩一歩
うす暗い急ならせん階段を

ふと
立ちどまって私は耳をすます
あれはおそらく私が人生をかえる足音？
あれはおそらく私の人生をかえる足音？

いいえ　あれは教会の鐘の音
昔と変らず時を告げる鐘の音

10／1

九月の一日《いちにち》

九月も終りの晴れた日には
私のうつ病《デプレション》の小鳥のかごをもって
庭の芝生にねころがるのです

雲はもう秋のすじ雲だけど
日ざしには夏の名残りがちょっぴり
まい子になった赤とんぼが一匹
つんつんとそよ風とお話しです

そうすると私はもうすっかり病気のことなど
忘れて　夕やけこやけの赤とんぼなどを
ハミングしてしまいます

私の小鳥もすっかりごきげんを直し
それにあわせて大声でさえずったりします

そんな時はおとなりの白黒まだらの仔ねこが
やっかみ半分にひがん花のかげから
私達のおしゃべりをきいてしらんぷり
金魚のはねる音にとびあがったりするのです

おやつにはぶどう棚からうれすぎたふさをもいで
フレッシュジュースの　はいできあがり

こんな日の夜には小さな詩がひょっこり
生れてきたりするのです

10／1

マルセーユの歌

九月の空をみると何故か
マルセーユの海辺の宿に忘れてきたバックスキンの
茶色のサンダルぐつを思い出す
ベランダからまぶしい朝の海のみえる大きな部屋の
ベッドの下で　お前はまだ私を待っているのかしら
もう二度とおめにかからない
あれ以来　私はお前のようにぴったりにあうくつには

九月の空をみると何故か
マルセーユの海辺の石だたみの坂道で出会った
白黒まだらの仔ねこのことを思い出す
旅立ちの朝もお前は坂の下まで

私のあとを追ってきて悲しげに一声
ミャオとないた
あれ以来　私はお前のようにかわいい仔ねこにはもう
二度とおめにかからない

九月の空をみると何故か
マルセーユの海辺を一緒に歩いた　日やけした青年の深
　いまなざしを
思い出す
茶色の大きな目はいつも悲しげに私をみつめたけれど
その奥には時に　まぶしい夏の太陽のきらめきがあった
あれ以来　私の心はもう二度とあの時のように
あつくもえあがることをしようとしない

10／?

暗やみの中で一人枕をぬらす夜は
息をひそめて
私をよぶ無数の声に耳をすまそう
地の果てから　空の彼方から
遠い過去から　ほのかな未来から
夜の闇にこだまする無言のさけび
あれはみんなお前の仲間達
暗やみを一人さまよう者達の声
沈黙に一人耐える者達の声
声も出さずに涙する者達の声

10／2

赤や黄色や緑の車をつらねた
おもちゃのような汽車がやってきても
決してのってはいけませんよ

その汽車はお前を追って
へいの上から屋根をとびこえ
空を走り　水にもぐるけれど
一度《ひとたび》　お前がのりこんでしまえば
一目散に走りはじめて
もう二度とはとまってはくれない
もう二度とはもどってはくれない

だって　そっとみてごらん
運転手は黄色いしゃれこうべ

10／3

高い空の上で
一点の黒い鳥が風と波のりをしている
雲は四方からしぶきをあげて
お前をめぐっておしよせてくる

ああ　お前はひとりぼっちだけれど
この天と地は今　お前のもの

10／3

追いかけっこ

悪魔は愛らしい幼な子の姿をしている
天使のようなあどけなさをもって
身の毛もよだつ　おいたもこともなげにしてしまう
くりくりお目々と赤くもえるほっぺで
うまくいったら手をたたいて笑いころげる

白いおひげのおじいさんの神様は
あわてふためいてとんできては
孫のおしりをぶとうと追いかける
かわいい悪魔は泣きべそかいて

ごめんなさいとにげまわるけれど
この追いかけっこばかりは終りそうにない
未来永却おわりそうにない

10／3

十七歳

あごの上に大きな思われにきび
犯人はわかっているの
あら　なんてすてき
愛されているなんて

10／5

家にもどる道がどうしてもわからなくて
見知らぬプラットホームで途方にくれてしまう
親しい人達とはいつの間にかはぐれ
尋ねると人はみんな親切だけれど
誰も本当のことを教えてはくれない

いつの間にか汽車も電車もなくなり
ひっそりしずまりかえった夜の町にさまよいでるけど
道はどんどんさびしくなるし
それにどうやらどうどうめぐりばかり

森を背にした小さなお宮の
赤い鳥居の前にきっとでてきてしまう　ポツンと立った
裸の街灯の下で
私の心はもう心細くて
おそろしくて
ちぢみ上ってしまいそう

こんな夢をみるようになって
もう何年になることか

10／5

九月の庭は色とりどりの思い出で一杯

サルビアの赤　ままごとあそび
葉っぱの上のごちそう　甘いみつのごちそう
松葉ボタンのべに色　花菱のべに色
氷かじって　山車《だし》ひいたあの夏まつり
はげいとうの紅《くれない》　兵庫帯の紅
べっこう飴なめなめ　金魚すくいした縁日
トレニアの紫　はじめての単衣《ひとえ》

あいあいがさの散歩　はじめての散歩
かきねのつるバラ　遅ざきの紅バラ

ふるさとしのんで葉書をかいた遠いあの町
コスモスの白　花嫁いしょう
私はとついだ　九月の終り
何ももたずに思い出だけもって

だから私の庭は色とりどりの
思い出で一杯

10／5

私の身体が痛みと闘っている時は
私の心は必死で　それに耐えている

私の心が苦しみと闘っている時は
私の身体は一生けん命　それに耐えている

ああ　いつになったらお前達二人
手をとりあって喜びあう日がくるのだろう

10／6

秋もさかりのこんな一日は
そんなに意地はって　ふてねなんかしないで
まあちょっと外に出て　この日だまりでねころんでごらんよ
ちっぽけな怒りなんか青い空の中に
そよ風にとばされて　とけこんでしまうよ

10／6

詩は生命《いのち》から生まれる
生命は詩から生まれる
そんな詩でなければ詩とはいえない
そんな生命でなければ生命とはいえない

10／7

ものさし

大人はみんな自分のものさしを持っているけれど
だれでもそれを唯一と思っている

だから重さを巻尺ではかったり
長さを分度器ではかったりしてしまう

だから大人達の話はいつもチンプンカンプン
わかりあったつもりで何もわかっていない

子供はみんなそれをしっているけれど

おりこうなのでなんにもいわない

10/7

道

昔　人間の通る道は丘を越え　木々をくぐり　草原をぬ
けて　ひたひたとつづいていた
沢山の道とあちこちで出会い　光や風や水や
けものとあいさつをしながら

今では人間は自分の道しかみない
丘をけずり　木々を倒し　草原をほり返し
あついアスファルトが直線道路をつくった
鉄の鎖でその道をかこい　横切るものはみなはねのけた

だからもう誰一人この道に近づこうとはしない
光も風も水もけものも　ズタズタにさかれた
太古からの自分の道をすてて
どこか遠くに姿を消した

今では不毛の砂漠の中を
銀色に光る道がたった一本走っている
どの道とも出会わず
日没の地平線をさして　ただまっしぐらに
走っている

10／7

誰でも人は自分の奥深く
暗くよどんだ泉をもっている
いつか人はそれをのぞきこむけれど
水面《みなも》にゆれる　自分の顔におどろき
もう二度と近づこうとはしない

それでも時々その泉のまわりに
恐れながらも　さまよう人がいる
泉の中にもっと広い世界が
広がる予感にうちふるえながら

それはお前のやってきた世界か
それはお前のもどっていく世界か

10／8

死ぬのがこわくないといえば
それはうそになる
でも死を目の前にしながら
生きることの方がもっとこわい
その恐怖の中で自分を見失うことの方が
もっとこわい
そして残された時間が空しく流れる
ことの方がもっとこわい

10／8

口にも出せずに涙も見せずに
ひたすら耐える子供もいるのを
だから笑顔を忘れている子供をみたら
どうかやさしくしてやって下さい
子供らしくない子供だなどといわないで

あなたはそういう子供を笑顔を忘れた子供だというのですか
子供らしくない子供だというのですか

でもその子は小さい大人なんかじゃない
ただそっとしておいてほしいだけなのです
もっと夢を見ていたいだけなのです
花やちょうちょやおかあさんの夢を
でもいたずら坊主がまずその夢をやぶるのです

大人の見てない時をねらって
次から次へと新らしいいじわるを見つけて
たった一粒の　涙がみたくて

女の子達はないしょ話が大好きで
耳に口よせてひそひそ話
あることないことつげ口しては
かげでペロリと赤い舌だすのです

あなたは何んにもきづいていないのですね
この世に満ちてる悲しみへの予感がもうすでに
小さな心にふくらんでいくのを
幼ない夢が一つ一つこわれていくのを

10／9

いい話をしてかえってきた日は
デュエットでも奏でてきたみたいに
心良いひびきがいつまでもきえずに
夜もなかなかねつけないのです

こんな夜はねなくてもいいから
そのひびきが　消えないように
身動きもせず寝床の中で
かわした言葉をくり返すのです

（周郷先生とあってきた日）

10／11

凡人なる凡人は
自分を凡人と思おうとしない人
非凡なる凡人は
自分が凡人であることを知っている人
非凡なる非凡人は
自分が非凡であることを知っている人
凡人なる非凡人は
自分を凡人と思おうとしている人

この順に人数は少なくなる

10／12

この私ですら耐えがたい
闘病という　いわれのない　際限のない
目的のない苦しみに
幼ない　あなた達はどうやって耐えているのか
進行性筋ジストロフィーの子等よ

恐らくこの世にあなた達ほど
重たいけれど確実な人生を歩いているものはいない

その限られた凝縮された生によって
あなた達は我々すべての人にもう一度
生きることの意味を問いかけてくる

あなた達がすでに知っているはずの　その答えを
我々はまだ長いことかかって自分の力で
みつけなければならない

10／12

一陣の強い風が
ぶどうの枯葉を吹きとばし
もう雪がそこまできていると
私に告げた

驚いて見上げれば
灰色の雲は南をさして流れとび
水面《みなも》は一面　銀のさざなみ
咲き残りの野菊が二、三本
冬の息吹に思わず
身をふるわせていた
今　このざわめきの中で　天と地にみなぎる清冽な白い
　予感

10／15

昔　こわい夢に驚いて真夜中に目が覚めると
暗闇の中に　まだ何かがひそんでいる気がして
身動きさえもできず　目もあけられずにふるえていた
〝おかあさん〟ともよべずに……

今ではそんな夢さえなつかしい
夢より恐ろしい現実があるなんて
あの頃はまだ知らなかったから

10／18

S先生に

青春の炎を
たやすことなく　もやしつくすことなく
ひそやかに守りつづけて老年を迎える人がいる
青春の夢を
こわすことなく　あきらめることなく
ひそやかにみつづけて老年を迎える人がいる
死もその炎を消すことはできない
死もその夢をさますことはできない

10／18

戦いは戦場ばかりではない
武器は大砲ばかりではない
敵は主義や国ばかりではない

このあくびの出るほど
平穏無事な日常の中で
はかない希望をただひとつの武器に
不安や絶望と戦う私は黒い戦士

朝　しじまを破るベルの音
国際電話はパリから

〃もしもし　あなた元気？
私　会いたかった
おきたばかりなのね
声でわかるわ
ここではみんなやさしくて
私はとても幸せ〃

〝君の詩はすてきだ
でも悲しすぎる〟

〝今度あえるのはいつ　いつ　いつ　いつ
さよなら　さよなら　さよなら〟

にぎりしめる受話器の中にしばし残るあなたの香り
シャンゼリゼの風

11／?

ゆきんこが
遠い国から
かわいた町に
夢を与えにおりてくる
ほんのつかのまの夢だけれど

ゆきんこが
遠い国から
かわいた心に
うるおいを与えにおりてくる

ほんの一粒の涙になって

ゆきんこ　ゆきんこ
お前の灯した白いあかりの下で
こよいは
美しい町に
やさしい人々が
遠い国を夢みて
まどろんでいる

11／9

病院の一室でむかえる
一人ぼっちのクリスマス

窓からのぞく小さなお星さま
せめて　こよい
家々の窓をめぐり
母を想い　恋人をしたい
子等をしのんで一人すごす
仲間達に
私からのメリークリスマスを
伝えておくれ

11／9

迷子の小鳥は
私の窓辺にとんでおいで
私の手の中で
お前はきっと忘れた歌を思い出す

迷子のそよ風は
私の窓ガラスを叩いておくれ

私はお前に
ふるさとへの道を教えてあげる

迷子の流れ星は
私の窓辺に落ちておいで
私はお前を赤いローソクにともして
この世の闇を照らしだそう

11／18

ああローソク
お前の丸《まろ》やかな静かなひらめきの中には
古しえからの無数の灯と
古しえからの無数の人の祈りとが
ひそんでいる気が私にはする

12／12

失うという事を
知らない人がいる
得るという事を
知らない人がいる
何だか最近は
そんな可哀そうな人ばかり

1／21

*

魂のうた——詩人ブッシュ孝子の境涯

若松英輔

私は信じる
私にも詩がかけるのだと
誰が何といおうと
これは私のほんとうのうた
これは私の魂のうた
——ブッシュ孝子

何かに導かれるようにして、そのブッシュ孝子の言葉に出会った。小林秀雄は、ランボーの言葉との遭遇を「事件」だったと書いているが、私にとっても彼女の詩に出会ったことは、文字通りの意味での人生の出来事だった。それは過去形ではない。今も「事件」であり続けている。

誰でも、年齢を重ねれば危機と呼ぶべき時節に至る。私はそうした日々に彼女の詩に出会った。ブッシュ孝子の言葉と巡り会うことがなければ、今、こうして言葉を紡いでいるかどうかも分からない。書くことすら、どこかで諦めていたかもしれない。私は彼女の言葉に救われたのである。

そして詩は、人を真の自己と出会わせるだけでなく、未知なる隣人とつなぐ橋になり、その言葉の力は時空を超え、過去と未来をも貫く力があることを教えられた。

振り返ってみれば、この詩に出会ったからこそ私は、自分でも詩を書こうと思ったのかもしれない。優れた詩は、読む者の手を動かす力がある。実際に手を動かすかどうかは読み手の問題だが、詩人とは、誰の心のなかにも眠れる詩人がいることを告げ知らせる者でもある。そうした意味でもブッシュ孝子は稀代の詩人だった。この詩集と出会い、詩を書き始める人も少なからず出現するだろう。

暗夜を彷徨っていた私を救い出してくれたのは次の一篇だった。

暗やみの中で一人枕をぬらす夜は
息をひそめて
私をよぶ無数の声に耳をすまそう

地の果てから　空の彼方から
遠い過去から　ほのかな未来から
夜の闇にこだまする無言のさけび
あれはみんなお前の仲間達
暗やみを一人さまよう者達の声
沈黙に一人耐える者達の声
声も出さずに涙する者達の声

すでに本文を読まれた方はお気づきだろうが、ブッシュ孝子の詩の多くには題名がない。目次に記されているのは、無題の詩の場合は、最初の一行を題名のように扱うという詩の世界の習わしに従っているだけだ。

巻頭にこの詩集が生まれるまでの経緯が記されている。彼女が詩を書いたのは亡くなるまでの五か月間だが、そのほとんどは最初のひと月強の期間に生まれている。

このとき、すでに彼女の病状は深刻な状態だった。詩は、言葉を紡ぐのにもちからを要するが、題名を生むのにも別種のちからを要する。また、本文と題名が同時に生まれてくるとは限らない。彼女は、詩集にまとめるとき、改めて題名を考えたいと思っていたのかもしれない。だが、彼女にその時間は残されていなかった。

このことは彼女の詩が未完成であることを意味しない。レオナルド・ダ・ヴィンチの『モナ・リザ』は、未完成であることによって、不朽の作品となり、絵画は見る者によってこそ完成されるものであることを告げ知らせている。それに似て、彼女の作品の多くに題名がないこともまた、未知なる読者に大きく開かれた詩の世界へと通じる扉になるだろう。読み手は、無題であることによって、「わたし」のブッシュ孝子をより確かに見出すことができるのである。

先に引いた作品をめぐっては、これまで一度ならず文章を書き、そして、数えるのが難しくなるほど講演でもこの詩を朗読してきた。それでもなお、読むたびに新しい感動を覚える。もし、彼女がこの一篇しか書けなかったとしても、私は、彼女が傑出した詩人であることを疑わない。

この詩に出会って私は、悲しみの意味と嘆きの理《ことわり》を知った。人は見えない涙と声にならない呻《うめ》きによって無数の他者とつながっているという現実を学んだ。そして、言葉とは異なる沈黙というもう一つの「コトバ」が詩の生命であることを知らされた。

先の詩には、「私」という文字は一つもない。だが、不思議なくらいにありありとブッシュ孝子という人間の魂を感じる。「私」という文字を超え、「わたし」を表現する。これこそ詩の秘義だといってよい。

先の詩を通じて、彼女の名前が私の心に刻まれたのは東日本大震災のあとだった。あの震災が私たちから奪ったのは、結局のところ「生きがい」だったのではないかと思い、神谷美恵子の『生きがいについて』を読み直した。おそらく多くの人がそうであるように私も、『生きがいについて』に続けて、神谷のもう一つの代表作である『こころの旅』へと進み、そこで神谷が引用しているブッシュ孝子の詩に遭遇した。（神谷は先に引いた作品と「私の身体が痛みと闘っている時は」の二篇を引用している）

神谷美恵子がどのようにしてブッシュ孝子を知ったのかは分からない。しかし、没後に刊行された詩集『白い木馬』の編者で、孝子の恩師でもある周郷博と神谷は、『こころの旅』が刊行される二年前、一九七二年に対談（「生きる心」『神谷美恵子著作集6』所収）をしている。周郷が神谷に孝子の存在を知らせた可能性は十分にある。

ブッシュ孝子は本名で、彼女は一九七一年九月にドイツ人のヨハネス・ブッシュと結婚している。二人が夫婦になったのは、孝子の病が分かってからだった。夫は、孝子との生活が長くない可能性があることを知りつつ、新しい生活に足を進めた。彼女が亡くなったのは一九七四年一月である。この結婚がなければ、彼女のなかから生まれた詩は、まったく姿を変えたものになっていたかもしれない。二人のあいだにどんな信頼と情愛があったのかを告げ知らせる一篇がある。

私には愛について語ることなどはできない
それでも時々
私をみつめるあなたのひとみの中に
これこそ愛というものをみることがある
あなたの力強い手の力に
これこそ愛なのだと心さわぐことがある

この詩に出会ったときの衝撃も忘れがたい。愛の姿をこれほど見事に活写した同時代人は稀有だからである。恋を歌う詩人は多い。だが、愛の秘義を言葉という器に移し替えられる人は多くない。

語り得ないものも存在する。目に映らないものであっても、それは確かに存在する。あるいは、語り得るか否か、それが存在するか否かも関係がない。「愛」とはそういう性質のものだというのである。

結婚式は、東京の四ツ谷にある聖イグナチオ教会で行われた。彼女の詩には「神」あるいは「キリスト」という表現も出てくる。カトリックにおいて結婚は、神を証人にした二人の人間における魂の融合であり、同時に新生でもある。孝子がそれを神学として理解していたかどうかは知らない。しかし、彼女がそのことをはっきりと感じていたことは次の短詩が証《あかし》している。

私のために生きようという人がいる
その人のために私も生きよう

自分が生きるということと、愛する人が生きることが同義になる地平、そこで彼女は、悲しみは、悲嘆にだけ終わるのではないことを知ったのだろう。

「かなしみ」という言葉は「悲しみ」だけでなく「愛しみ」とも書く。愛する人との別れこそ、もっとも悲しい出来事になる不条理をこの一語が教えてくれる。愛のないところに「愛しみ」は生まれない。別な言い方をすれば「愛しみ」を経験することによって人は、内にある愛の大きさを知るともいえる。

一九七三年九月九日、突然、詩神が彼女を突き動かした。本書の冒頭にある「夢の木馬　1　（旅立ち）」は、この詩人の誕生を告げ知らせる作品にして、代表詩の一つだといってよい。ここには詩を書かねばならなかった理由と、詩神はおそらく、幼い日から彼女の傍らにあった事実も記されている。

白いスワンの木馬にのって

始めて空にとび立った日
古びて黄ばんだ写真のような家から
母に別れをつげてとび立った日
子供の時代に別れをつげた日
古い世界に別れをつげた日

あの日以来　私の心は
不安におののき　あこがれにやかれ
一点の青空を求めて　黄色い空の中をただひたすら
とびつづけているのです

詩を「書いた」のは、半年に満たない期間でしかない。しかし、彼女が「詩人」になったのはおそらく、名前を自分で書けるようになる前だったのではあるまいか。同じ日に彼女は十二篇の作品を生み、最後の作品でこう書いている。

素直なことばで
本当のことだけを語りたい

この素朴な衝動に生涯を賭した者こそ、詩の使徒と呼ぶにふさわしい。ブッシュ孝子は、二十世紀の日本において数少ない使徒の一人だった。

先にブッシュ孝子の「名前」を知ったのは、とあえて書いたのは、私が彼女の言葉に出会ったのは、神谷美恵子を通じてよりも二十年ほど前のことだったことがあとで分かったからである。深層心理学者の河合隼雄が『影の現象学』で引用しているのを、二十二歳のときに読んでいたのである。

このときも、ある衝撃を受けたらしく、本には印がつけてある。だが、誰がこの詩を書いたのかというところまでは関心が及ばなかった。河合が引いたのも九月九日に書かれた作品の一つ「夢の木馬5　夢の中の少年」の一節だった。

少年は海辺で私を待っていた
波のしぶきの荒々しい岩だらけの海辺で

少年のぬれた小さな手が私の手をしっかりにぎり
二人ははだしで岩棚を走った

ああ　金色の髪をした小さなお前は誰
あの血のように赤い水平線の彼方まで
お前は私と共に行こうというのか

もちろん、この作品を書いたとき、彼女はすでに余命が限られているかもしれないことを強く意識している。死は、いつか来るのではなく、まさに今来たりつつあるものであることを全身で感じている。しかし、先の詩は、そうした彼女が自分の「願望」を言葉にしたのではない。この作品には、単なる願いを超えた強靭な意味によって裏打ちされた「物語」がある。さらにいえば、「いのち」とまっすぐに対峙した者だけに明かされる「いのち」の秘密からだけ響き渡る、ある種の旋律をも宿している。

リルケであれば、ここでの「少年」を迷わず天使と呼んだだろう。リルケにとって詩を紡ぐとは、彼方の世界の住人たちから、言葉を託されることだった。彼にとって詩人であるとは、言葉を託されるにふさわしい「器」であり続けることにほかならなかった。この詩を読むと、同質の認識が孝子のなかで育っていたことが明らかに分かる。

二十代ですでに私が、孝子の詩に出会っていたのを知ったのは、数年前である。だがおそらく、この詩句は、私がもっとも深刻な危機を生きねばならなかったとき、いつも心のどこかにあったのだろう。それだけでなく、目には映らない炎となって道を照らしてくれたのかもしれない。先の詩は、死とは消滅や敗北といった事象ではなく、「永遠のいのち」へと近づいていく道程であることを明示している。

当然ながら死は、未知であるがゆえにおそろしい。しかし、死が終わりを意味しないことも彼女の魂は感じている。河合は同じ本で次の作品も引いていた。

もしも　私が死んだら
おざしきぼっこに私はなりたい

誰にも知られず　ざしきの中で
みんなと一緒に笑っていたい

「おざしきぼっこ」とは、座敷童《ざしきわらし》のことである。彼女は宮沢賢治の「ざしき童子《ぼっこ》のはなし」を読んでいたのかもしれない。賢治が描く「ざしき童子」は不思議な守護神である。それは死者と似ているのではないか、と孝子は感じている。死者にとって生者の日常を見守ることは、神聖な「仕事」となるのではないか、と予感している。さらにいえば、彼女は自分を見つめる「おざしきぼっこ」に気が付いていたのかもしれない。

本書の巻末に付されている略年譜にあるように、生前の彼女は世にいう詩人ではなかった。だが、没後四十六年を経て、『全詩集』が編まれるという事実をとっても、彼女が内心においてすでに真の詩人だったことは疑い得ない。詩がどこから生まれるかをめぐって彼女は端的な、しかし美しい言葉を残している。

詩は生命《いのち》から生まれる

生命は詩から生まれる

そんな詩でなければ詩とはいえない
そんな生命でなければ生命とはいえない

詩は、人のなかにある「いのち」を目覚めさせる。詩の言葉は「いのち」から生まれ、読む者の「いのち」へ届く。

もし、私たちが己れの「いのち」の存在に真に気が付くことができれば、それが死を経てもなお「生き続ける」ことを認識することになるだろう。人は死んでも「死なない」。むしろ、「いのち」として新生することを、詩は私たちにそっと教えてくれる。

この詩集の最後には次のような作品が置かれている。

失うという事を
知らない人がいる
得るという事を

知らない人がいる
何だか最近は
そんな可哀そうな人ばかり

現代人にとって「生きる」ということは、あまりに日常的なことになってしまった。それゆえに、自分が何を与えられ、そこから何を得ているのか、あるいは何を見失っているのかも、十分に理解できなくなってしまっている、というのである。

詩人は「いのち」の発見者であり、守護者であるだけではない。それが失われようとする時代にあっては、真摯な警告者にもなる。

わかまつ・えいすけ／詩人・批評家・随筆家。一九六八年生まれ。著書に『悲しみの秘義』（文春文庫）、『詩集　燃える水滴』（亜紀書房）など多数。『小林秀雄　美しい花』で角川財団学芸賞と蓮如賞を受賞。

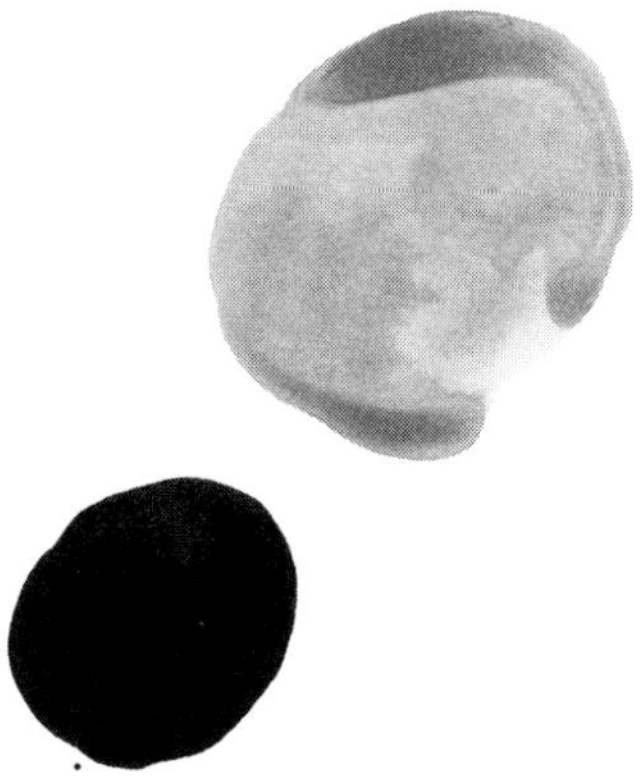

略年譜

一九四五年　三月二十日、服部一雄・和子の長女として生まれ、東京で育つ。幼い頃から、本当の「ひとの心」を求め、飼っていた金魚が死んだりするとさめざめ泣くような「傷つきやすい子だった」と、母・和子は証言している。学生時代から読書が好きで、なかでも宮沢賢治、柳田國男、ヘルマン・ヘッセ、トーマス・マンの著作、詩人では八木重吉とライナー・マリア・リルケの著作を愛読した。また、油絵、刺繡、テニス、音楽など多彩な趣味をもっていた。

一九六三年　お茶の水女子大学入学。家政学部児童学科四年時に提出したレポートに、自身の言語観をこう記している。「私は、いつの頃からか、世間には、同じ言葉で話せる人間と、それの通じない人間のあることがわかってきました。それは、心の国籍のようなものです。……同じ国籍の者同士は、たとえ、初めてあっても、相手の心の中に、自分と同じ故郷の山河を持っていることが、わかるのではないでしょうか。……私がこれからしなければならないことは、その私自身の国の言葉を、より豊かに、美しく使えるようにすることです」

一九六七年　お茶の水女子大学家政学部児童学科を卒業し、大学院修士課程に進学。教育学者の周郷博、心理学者の平井信義、児童学者の本田和子らの下で児童心理学を学び、自閉症児の治療法について研究をおこなう。修士一年の夏休みに、ドイツのゲーテ・インスティトゥートの夏季講習に参加し、そのまま留学。ハイデルベルク大学でドイツ語を習得した後、マールブルク大学、ウィーン大学でハンス・アスペルガーの治療法を学ぶ。論文のドイツ語訳を手伝ってもらうため友人に紹介されたことをきっかけに、ウィーン大学で経済学を学ぶ学生だったヨハネス・ブッシュと出会い、人生を共にする約束を交わす。

一九七〇年　八月に帰国。十月、からだに異変を感じて病院へ行く。

一九七一年　二月に乳がんと診断されて入院し、手術を受ける。九月二十六日、来日したヨハネス・ブッシュと結婚。四ツ谷の聖イグナチオ教会で式を挙げ、ふたりで神奈川県鎌倉の海岸を旅行する。アパートでのふたり暮らし、ヨハネスは証券会社に勤め、孝子は新婚生活のかたわら、論文の執筆に取り組む日々を送っていた。

一九七二年　七月に二度目の手術を受ける。

一九七三年　十一月に病の再発により入院。かねて「童話を書いてみたい」と願っていた孝子は、この年の九月九日から、詩をノートに記しはじめる。一部の作品については、「夢の木馬」というタイトルの下に、一冊の詩集としてまとめることを構想していたと思われる。ノートには、九十二編の詩が残されていた。

一九七四年　一月二十七日、永眠。享年、二十八。八月、周郷博の編集によりブッシュ孝子詩集『白い木馬』が刊行された。

謝辞

本書を刊行するにあたり、多大なご協力を賜りました皆様に、心よりお礼申し上げます。

服部和子
檜山正樹
株式会社サンリオ
（敬称略）

本書はブッシュ孝子詩集『白い木馬』（周郷博編、サンリオ出版、一九七四年）に収録された八十篇の詩に、著者のノートに残され、同書に収録されなかった十二篇の詩を加えた全詩集です。すべての作品は著者のノートと照合し、校訂しています。今日の人権意識からするとふさわしくない表現もみられますが、故人の著作であり、歴史性を考慮してそのままとしてありますことをご了解ください。

ブッシュ孝子全詩集
暗やみの中で一人枕をぬらす夜は

二〇二〇年四月一三日　第一版第一刷発行
二〇二〇年七月二六日　第一版第二刷発行

著　者　ブッシュ孝子

発行所　新泉社
東京都文京区本郷二－五－一二
電話　〇三－三八一五－一六六二
ファックス　〇三－三八一五－一四二二

印刷・製本　萩原印刷

ISBN978-4-7877-2007-8 C0092

装画・本文イラスト――原 裕菜
ブックデザイン――堀渕伸治◎tee graphics